Cronicón

del

humilladero

Joaquín Vázquez

ISBN-13: 978-84-608-2073-4

A los animosos integrantes del Grupo de Teatro
Míreni, de quienes partió la idea original
que finalmente ha devenido en esta
emulación de comedia clásica.
Por su esfuerzo y buen hacer
en la representación que
llevaron a cabo
a pie de calle.

CONTENIDO

Actus reparationis

Sepa quien en su mano tenga aquesto,
que el presente introito esconde empeño honesto,
es desfacer agravio o enderezar entuerto.

Y así es en verdad. El enredo de este librillo, aunque basado en un episodio histórico, es pura fantasía y holgaría hacer mención a algo tan obvio en una obra de teatro, pero resulta que la trama de su argumento ha venido impuesta por circunstancias tan inescrutables como los caminos del Señor.

Compró el Ayuntamiento de Allo (Navarra), allá por 2012, el humilladero de la localidad, construido a principios del siglo XVII y hasta entonces en manos privadas. Dado el estado de abandono que presentaba, se embarco en la empresa de su restauración y, felizmente, en julio de 2014, una vez finalizadas las obras se procedió a su inauguración oficial, recurriendo para ello al Grupo de Teatro Míreni, también de Allo, con la idea de poner en escena una recreación histórica teatralizada, representada sobre el terreno.

Y miren por dónde, quien suscribe, por avatares del destino, terminó por hacerse cargo de escribir un pequeño guión, que con cierto trasfondo histórico sirviera para el entretenimiento y solaz de todo aquel espectador que acudiera al evento. Pero entonces surgió el miedo, miedo escénico, miedo a la reacción del público ante una representación monótona y aburrida; la que hubiera resultado de atenerse a los hechos que recogen las fuentes históricas, pues nuestro protagonista principal, don Miguel López Royo, era licenciado en teología y abad de las parroquias de Dicastillo y Larrión, beneficiario de la de Allo, arcipreste de La Solana y tesorero del Condestable del Reino y Conde de Lerín; en definitiva, un personaje cuya existencia es muy probable que transcurriera como la de un santo varón, de misa y comunión diaria, quien además invirtió sus buenos dineros en la construcción de un humilladero para su pueblo.

Por consiguiente, situar en escena a un señor de estas calidades resultaba una mala perspectiva para entretener a nadie. Así que, el diablo, que no siempre duerme, hizo que por necesidades del libreto nos viéramos en la exigencia de convertirlo en un golfo recalcitrante. No hubo mala intención, o por lo menos no mucha. En principio, nos resistíamos a convertir al abad en chivo expiatorio de nuestra inventiva, pero las circunstancias obligaban y puestos en la tesitura de entretener o hastiar, por arte de birlibirloque, el abad fue transmutado de dr. Jekyll a mister Hyde. Y es que la prevención hace "guardar la viña", sobre todo ante una multitud de espectadores presa del tedio contemplando a un señor en actitud de comulgar todos los días o entregando limosna a los pobres.

La historia es una acumulación de presentes ya pasados y es, en esencia, inmutable. Se escapa de nuestras manos cambiar lo sucedido, pero resulta también que la historia no es sólo lo que ocurrió, sino lo que se recuerda y cómo se recuerda. Por ello valga este breve prólogo de desagravio hacia el bueno de don Miguel, quien sabrá perdonarnos semejante descaro, el cual, al fin y al cabo, ha servido para sacarlo del olvido de luengos siglos. De todas formas, esté donde esté, en traza de carne momia si llevó su perfección próxima a la santidad, y si no llegó a tanto y acaeció algún pecadillo, en hueso mondo y lirondo, los historiadores son los que habrán de encargarse de aupar nuevamente en su pedestal al señor Abad, de donde tan inmisericordemente ha sido apeado ahora, para eso están y es su misión; porque aquí, en este remedo de comedia clásica hija de aquel guión primigenio, igual que entonces, se ha pretendido únicamente entretener y perdónennos los lectores las licencias tomadas en el intento. Licencias en cuanto a ciertos dislates y anacronismos históricos explotados en búsqueda del chascarrillo fácil y licencias en el empleo de locuciones hurtadas a los grandes del Siglo de Oro.

PERSONAJES

(por orden de aparición)

Eulalia (criada en casa del regidor)

Regidor

Condesa de Lerín

Abad (don Miguel)

Cantero (maese Pedro)

María Pacheco (esposa del carpintero)

Carpintero (Martín de Zalbide)

Quien finalmente se verá

ACTO I

Los acontecimientos transcurren a comienzos del siglo XVII en la pequeña localidad navarra de Allo, ubicada en la Merindad de Estella. Por aquel entonces ésta era una villa de señorío perteneciente al Condado de Lerín. Uno de los personajes más notorios del lugar era don Miguel, abad y beneficiario de la parroquia, así como tesorero del Conde de Lerín, quien había instituido un mayorazgo en el pueblo con la idea de asegurarse la tranquilidad los últimos años de su vida, pero a consecuencia de su carácter enredador, se encontraba por esas fechas enfrascado, muy a su pesar, en la construcción de un humilladero a instancias del Conde de Lerín.

La trama da inicio en la plaza de la localidad, frente al portalón de la casa de quien en ese momento es el regidor de la villa. Allí se encuentra una criada en ademán de hacer faena, con una escoba en ristre.

(Eulalia, que así se llama la criada, se dirige al público)

Eulalia:

Aquésta que aquí comparece
y ante vuestras mercedes permítese presentar,
no es otra que la chacha Eulalia,
criada de oficio, en casa principal.

Gaceta doméstica,
correpasillos sin par,
escudriñadora de esquinas,
oteadora magistral.

No escapa chisme, comadreo o falsedad
que mis buenas entendederas dejen de alcanzar,
mas semejante alcahueta y cronista muy de fiar,
ante tan buenos oyentes, animada vese a desembuchar.

Quienes en tan digna morada hoy reunidos están,
gente principal es y hasta parece,
y como tal, desto buenamente acontece
contar historia con moraleja veraz.

Siendo así que agora podríales yo confesar
los muchos pecadillos acaecidos en esta casa condal,
pues esos que ahí confabulan, sin titubear,
grandes secretos afánanse en ocultar.

Anfitrión es mi amo, regidor de la villa,
por ser quien es, pone casa y silla,
con él se congregan la condesa y el abad,
juntos los tres, pa regalar atesoran maldad;
del conciliábulo destos pastores, oveja muerta,
y quiera Dios que no entren duelos por la puerta.

(Hace gesto de silencio con el dedo sobre los labios)

Pero callen vuestras mercedes, que ruido oigo llegar,
no es otro que el señor regidor, escalera abajo de su casa y solar,
finada se entiende la intriga, agora queda el apalpar…

(Sale a la puerta el regidor)

Regidor:

¡Eulalia!

Eulalia:

Sí, mi señor...

Regidor:

Susurros oigo... ¿con quién entretiénetes en comadrear?

Eulalia:

De buen oído mi amo debe de gozar,
mas ese sentido parécele engañar,
¿acaso vuestra merced ve gentes ante quienes pregonar?

Regidor:

Sabedes que yo gozo de oído fino,
lo mesmo que la criada en su lengua de desatino.

Eulalia:

Señor, vos menospreciáis las mis virtudes,
discreción y recato son tales actitudes,
bien sabéis que en asunto de custodiar noticia,
la Eulalia es ella la más propicia;
amén de prudente y modosa,
moderada es y cautelosa.

Regidor:

Pues dícese en los mentideros desta villa,
que la Eulalia es della la principal cotilla.

Eulalia (contrariada):

Mala hora parieron canalla semejante...
¿quién osa pregonar bulo de tan mal talante?

Regidor:

Dícenlo multitud de gentes,
de simples labriegos, a otros más decentes.

Eulalia:

¿Pues qué decencia es ésa?,
¿acaso la de embusteros, de imaginación aviesa?

Yo hago juramento al Criador de todas las cosas
y aun a los Santos Cuatro Evangelios, sin pecar de alevosa,
que contándome vuestra merced lo que me deba referir,
ha de trocárseme la lengua en piedra, en un sin sentir.

Regidor (en actitud de reproche):

Vale ya y atiende a tu negocio,
muy de tu mano veo la escoba presa del ocio,
criada en casa ilustre eres
y así callar has todo lo que en ella vieres.

Otrora, si como bien dices eres discreta,
no debieras ejercer de gaceta,
y sí guardar silencio sobre asuntos principales,
pues en aquesta casa hoy acontecen tales
de los que nuestra villa
verá gran maravilla.

Eulalia:

Tumba soy, si vuestra merced lo ordena.

Regidor:

Cumplirlo has, so mayor pena.

Eulalia (murmurando):

Si pecado no hay, sobra la condena.

Regidor (regañando):

Eulalia no masculles murmurando necedad,
cosa que tan bien se te da,
en esto pareces doctora por la Universidad de Alcalá.

(Se acerca a la criada, baja el tono de voz y comprueba que nadie más le escucha)

La verdad sea que aquí hoy reunido está
nuestro beneficiario y buen abad,
con la señora condesa de Lerín,

de revista en Allo aprovechando un ínterin.

Oscuro concilio ambos mantienen,
resolviendo no sé qué cuitas se entretienen,
esas empresas deben de ser tales,
que despacháronme con sutiles modales.

El abad obra construye,
el conde y la condesa en ello le instruyen,
haber hay pormenores escabrosos
que sólo ellos entienden, por misteriosos.

Agora, yo los dejo ensimismados
pues hoy es viernes, día de mercado.

Eulalia (con ironía):

Marche en paz el señor regidor,
guardando su confidencia quedo con resquemor,
en lo que ordena será vuestra merced bien servido,
silencio, prudencia y disimulo sean bienvenidos.

(El regidor se marcha camino del mercado, dejando a la criada sola, que
expresa sus pensamientos en voz alta)

Eulalia (enfadada):

Valiente sandez la de mi amo,
tiéneme de entendederas flojas,
dueña, además, de todas las peores prosas,
acúsame de cotilla, amén de chismosa.

¿Pecado es acaso ilustrarse de historia rosa?

¡No por Dios!, es condición beneficiosa,
merced a ello, descubrir pienso agora
todo lo pior de la Caja de Pandora,
encendiome el amo en cólera clamorosa...
¡de buena gana decir he yo cuatro cosas!

Medró el señor regidor, sí, medró... ¡por usurero!,
olvidose ya de su padre, cuando porquero,
olvidose ya de su madre, de toda la villa,
la mejor mano embuchando morcilla.

(Haciendo ademán con la mano de cepillar)

Qué bonica estampa la de nuestro regidor,

cepillando la sotana al abad, sin ningún pudor.

(Señala al suelo y hace gesto de limpiarse las alpargatas en el felpudo)

Y si al pueblo viene el conde, sin dudar,
pusiérese de felpudo cuando del carruaje hubiere de bajar.

(Hace un par de reverencias doblando la cintura)

Y si viniere la condesa con cualquier trabajo,
quiébrasele la espalda en reverencias y agasajo.

Ya no se acuerda el majadero
de cuando compró la hidalguía al rey Felipe, el tercero,
costole buenos dineros,
mas que bien lucen sus nuevos fueros.

(Señalando al escudo sobre la puerta)

Del portalón ese,
aquel blasón que en la clave del arco vese,
tan de piedra nueva y reluciente,
trae de gules mentira recurrente.

Pero no he de callar agora, que hay para más odas...
sepan vuestras mercedes todas
que si hay que despotricar, se despotrica.

¡Nadie ha de escapar desta lengua bonica!

Ese buen abad, de su especie único por mendruguero,
no sé qué trama, siendo tan mal pagadero,
fama tiene de sotana floja
y, seguramente, su presencia a la condesa no enoja.

(Gesticula con las manos a modo de cuernos)

Pobre conde el de Lerín,
dicen las malas lenguas, de su alcurnia y su postín,
que su santa esposa
es la principal virtuosa
de aquellos apéndices tan lastimeros
que bonicamente le atraviesan el sombrero.

Es también este abad muy tahúr, hasta los hábitos jugar,
y le acaeció cierta noche toda entera en la taberna apostar,
acompañando con vino el envite, a hartar.

Fuera por mal perder, o fuera por pendenciero,
rompió una jarra en la cabeza de un arriero;
no conforme con ello
dejó en la tasca lo mejor de su sello,
pues a la espalda del tabernero astilló una silla,
quebrándole dos o siete costillas.

Y luego del juego infernal,
fuese seguido al púlpito a predicar,
nublada la mente y por su mal sermonear,
soliviantáronse los fieles a poco de empezar,
corriéronle a palos de la iglesia al arrabal,
quedó maltrecho, molido y comidilla del lugar.

Presto enterose el conde de las malandanzas del abad,
por ser su tesorero y legado de la dignidad condal
castigole con penitencia que luego se verá,
muy mohíno entonces el dicho abad,
mil blasfemias echó, jurando gran venganza tomar.

Desta guisa, dicen los más antiguos del lugar,
que en tratos con el diablo viósele estar,
conjurole de manera de lo más singular,

púsole candelillas a los Santos de junto al altar
y como sobrole una, tuvo a bien con ésta honrar
a un demonio que a los pies de San Judas Tadeo suélese situar.

Murmúrase desde entonces, por aquí y por allá,
que esa mesma noche apareciósele Satanás
y agradeciéndole la honra vínole a otorgar
el antojo que estimase más a su gusto alcanzar.

Contestole ansioso dicho abad, que habíalo de pensar;
mal augurio ciérnese agora sobre aqueste lugar,
nadie duda de negra venganza contra la vecindad
y aun della el conde no ha de escapar.

Mas…, amén de tahúr e irreverente, para su currículo colmar,
hay quien jura que al naipe otro uso sábele dar,
muéstrase hábil echador de cartas y nigromante,
adivinar lo venidero es su arte.

¡Ay, Dios! qué espanto dan
las industrias deste oscuro capellán,
ante semejante hombre de iglesia, tan rufián,
ampárenos mejor ése que llaman Leviatán.

Pero, ¡silencio!, se oyen pasos,

otra vez escalera abajo.

(La criada se introduce en la vivienda y salen de su interior el abad y la condesa conversando)

Condesa:

Mi buen don Miguel, mire vos por dónde

del agrado de mi marido el conde

es esa idea nuestra

de mandar hacer obra maestra.

Y es que es mucho de loar,

y así lo han de reconocer los naturales deste lugar

sus muchos dineros gastar

en un muy piadoso humilladero edificar.

Abad:

Condesa, bien me place vuestro interés,

tal, muy de agradecer,

pero, como sabe vuestra excelencia,

sufragar el humilladero es castigo

del conde, que la ha tomado conmigo,

con motivo de una pendencia,

acaecida no por imprudencia,

sino que vino por la insolencia

de gente soez y desvergonzada,

quienes, en menoscabo de mi honestidad y decencia,

en medio de una partida, acusáronme de carta marcada

y como no podía ser de otro modo,

mi recato esfumose cual Cuasimodo,

haciendo callar al villano,

quien tragose su impertinencia

con las espaldas molidas de plano,

y agora anda vendado, purgándose en penitencia.

Condesa:

Señor abad, señor abad, por vuestra estima deberíais velar más,

¿en semejantes trifulcas anda metido un hombre de su calidad?

Es la taberna, fuera de toda buena costumbre,

lugar donde concurren gentes de poca mansedumbre,

llénase de camorristas y reñidores

y aun de insolentes agitadores.

Es en aqueste lugar donde de todo se trata y se murmura,

difámase a la condesa, despelléjase al conde y blasfémase del rey,

y si vos en hábito púrpura,

allí acudís junto a los sin ley...

¡qué queréis!

Sabed que el villano

complácese vituperando a su amo,

más aún cuando tiénelo muy a su mano.

Deberíais evitar tal arrimo; por consiguiente,

y si os sentís solo y necesitáis de la gente,

ahí están ciertos sobrinos,

ésos que en vuestra casa son vecinos,

de quienes tengo entendido

que son también muy diestros con la baraja,

pues según he oído

en dos envites desplumaron al palaciano de Mendaza.

Abad:

Condesa, gran filósofa sois..., me embelesáis,

y aquesta sotana me retiene

desotro pensamiento que me entretiene,
y aunque el conde me tiene ojeriza,
por vos limpiara yo vuestra porqueriza.

Sabed, señora, la gran admiración que profeso
por vuestros huesos.

Condesa (haciendo gesto de turbación):

Señor abad, me azoráis, hablemos desotro negocio,
pues para el buen religioso pecaminoso es el mucho ocio.

Deje de buscar cierto deleite,
fortalézcase en la fe,
que a lo que parece pierde aceite,
a lo que yo me sé.

Abad:

Perdonad, vuestra excelencia,
pues veces hay que consúmeme la impaciencia,
mutándose en impertinencia,
y es que hasta agora no existe ciencia

capaz de sanar la enfermedad del arrebato,
ante cuyos síntomas por vos me debato.

Condesa:

Mudemos de asunto don Miguel y dígame,
¿cómo prospera la empresa del humilladero?, cuénteme…

Abad:

Bien adelantada está,
y como hoy día de mercado es
al maestro cantero allí he de ver,
materiales, precios y poco más
quédanos por concertar.

Condesa:

Bien paréceme señor abad
y con noticia tan veraz
un heraldo he de enviar
al conde, mi señor, para enterar.

Abad:

Más me placiera vuestra intención
si así sirviera para aliviar mi sanción,
pues si supiera la señora condesa
cómo tal derroche de dineros me pesa,
apiadárase presto del infractor,
habiendo hecho propósito de enmienda aqueste pecador.

Bien pudiera su gran magnificencia,
ante el conde, nuestro señor, pedir clemencia;
interceder por aqueste arrepentido,
para que retire mi penitencia
y es que todo esto es un sinsentido
muy en perjuicio de mi herencia.

Otrora, también pudiera ser sufragar el humilladero a escote,
que desta suerte lo fuera casi sin que se note;
abonen los condes una parte,
el señor regidor, contribuya y no se descarte,
pague el abad su lote
y todos tan amigotes.

Condesa (exaltada):

¡Agora véolo venir don Miguel!

Muy astuto en su proceder,
con galanterías y fingimiento,
su anhelo es buscar ahorramiento.

Ansía, desta guisa, ablandar a la condesa
y a través della domesticar al conde busca,
mal atajo toma con la disposición esa,
que mi buen esposo hizo sentencia justa,
acorde con la tropelía cometida,
siendo así la pena impuesta merecida.

Pague quien debe la penitencia,
pues que mejor encomienda
y propósito de enmienda
para retomar la senda de la decencia
que cimentar edificio sagrado,
merced al cual el pecado sea lavado.

Abad (también exaltado):

Aquí juro por el santo más bendito,
no comer pan a manteles
mientras téngaseme por maldito,
porque el conde ha perdido los papeles
con ese castigo enorme y exagerado
para tan nimio pecado.

Condesa (en actitud de reproche):

Y otra cuita, señor abad,
no ha mucho a mis oídos acabó por llegar
rumor al que no acabo de dar credibilidad,
y es que el vulgo se entretiene en propagar
que no habita en vuestra casa la necesaria dignidad.

Con esto quiero explicar
que vox populi es en el lugar
que mora barragana en vuestro hogar.

¿Es aqueste otro nuevo pecado
o el populacho anda errado?

De tal ir y venir...
¿tiéneme vos algo que decir?

Abad (se muestra disgustado y a la vez avergonzado):

Malas lenguas habría que cortar
pues no ha barragana tal,
¡sí dueña sin igual
que prepárame de almorzar!

Señora... ¿dónde hase visto religioso
cocinándose él sólo el puchero?

Resultara aqueste trajín de lo más peligroso
por enredar con carbón y mechero,
pues ensuciárase presto la sotana con tizón pringoso,
cosa muy en detrimento del decoro del clero.

Condesa:

Más os vale, señor abad,
que quien a nuestro servicio está
no sólo debe seriedad

sino también aparentar.

Y es que de poco aquí
da vos en demasía que hablar,
acopio de fama que así
va contra vuestra obligada sobriedad,
mayormente cuando es para mal.

Abad (vehemente):

Vive Dios que por mi honor
juro y aun todavía más perjuro,
ante vos y ante el Señor,
que la tal dueña es de cuerpo maduro,
entrada en carnes, tuerta de un ojo,
jorobada y de un su extremo cojo,
y ante semejante hermosura
no hay varón con catadura
que requiebre su donosura.

Mantiene dicha señora
toda su virginidad a cuestas,
aunque pudiera ser que macho añora

y tengo por cierto que sobre ello hay apuestas,
sé que la dicha dueña se irá a la tumba tan entera
como la madre que la parió, que dicen fue santera.

Condesa:

Calmaos señor abad, sosegaos,
si como decís, ésa es la tesitura,
demos por buena vuestra cordura
y dejémonos destas locuras.

Estimemos ese alegato por cierto,
aun creyendo en el milagro desa señora santera
quien muriose virgen tras el parto
de su hija y dueña vuestra, la entera.

Abad:

Bien paréceme señora,
pues es menester que en aquestas cosas del querer
no se escarbe otrora,
luego pudiera para muchos regaños haber.

Condesa (se incomoda):

¿Qué queréisme decir con eso?,
paréceme como si se os hubiera ablandado el seso.

Abad:

Nada deso condesa,
cada cuál acarree con lo que le pesa,
bien sabe vuestra excelencia
que es condición humana aquesto del enamoramiento,
en ello anda tanto el populacho como su eminencia,
así que señora mía, ciento por ciento,
el asunto de la jodienda
no tiene enmienda.

Condesa (en actitud amenazante):

Socarrón estáis don Miguel,
bien sabe vuestra merced
que al vasallo presto la burla conviértesele en hiel.

Abad:

No tal señora, no interesa;
si por un "quítame allá esas pajas" en la taberna,
como sanción, otorgóseme ruina inmensa,
líbreme Dios de guasas y nueva merma,
no quisiera mi persona pecar de insolencia,
en teniendo en cuenta el perjuicio de la irreverencia.

Y mudando el asunto, condesa...
¿no es aquél que por allí se divisa
el señor regidor que aquí regresa
con paso perezoso y sin prisa?

Condesa:

Por estampa bien parece,
algo más orondo que garboso,
en andares se mece
y tambalease igual que un oso.

Abad:

Señora, vos gozáis de agudeza,

ojo avizor y presteza
describiendo su figura con suma viveza.

(El regidor, que viene de regreso del mercado, se une a la condesa y al abad)

Regidor:

Señora condesa, por hallaos ya aquí abajo
bien creo que a vuestros asuntos habéis dado tajo,
por ventura, parece la jornada acabada,
imagino que con la cuestión zanjada.

Condesa:

Deducís certeramente, señor regidor,
don Miguel con su galantería, ya me despedía,
y es que este abad es dueño de una palabrería
que es un primor.

Regidor:

Así yo lo presentía,
por ello a cumplimentarla venía,

y aqueste vuestro servidor,

a sus pies se pone con todo honor.

Condesa:

Vive Dios, señor regidor, que sois pomposo,

como vos no hay otro de ceremonioso,

agradecida le estoy de tan galante atención

e informaré yo al conde de tamaña consideración.

Regidor:

Que me place, señora condesa,

de mi parte, bese la mano a su esposo,

y lo que ordenare es mi promesa

de cumplirlo presuroso.

Condesa:

A ambos dos con gran pesar dejo,

mas continuar debo la inspección al condado,

pues el gobierno deste nuestro estado

gran esfuerzo requiere, hasta dejar el pellejo.

Y vos señor abad,
recordad…
al conde y a mí
informados nos tendréis al instante
del asunto del humilladero, tan importante,
que no es cosa baladí.

No echéis en saco roto lo acordado,
nuestra estima os va en ello según lo decretado,
y pudiera ser que por ahorraos un dinerillo
perdierais cargo y hacienda, fruto de tal pecadillo.

Abad:

Condesa, manteneos al corriente
será misión preferente,
fuera yo muy majadero
o tuviera el seso como madero,
si pensara trocar en enemigo
a quienes diéronme mercedes de buen amigo,
así, habemos de dar por bien empleada
esa pena hasta agora cuestionada.

Condesa:

Con Dios, señores.

Regidor:

Señora condesa, bésole los pies de mil amores.

(La condesa se marcha. El abad y el regidor, cuando la pierden de vista, continúan conversando en el lugar.)

Abad (se muestra muy contrariado):

Desdichado de mí y de la madre que me parió,
bien entiendo el castigo como humillación,
malhaya sea el conde y su justicia,
mas callar he yo por avaricia,
por ventura, que en lides entre piedra y botijo,
siempre ha de ser mal para el más canijo.

Bonita empresa aquesta del humilladero,
la inventaron los condes y la paga el abad de su dinero,
como si semejante capilla
fuera cosa de calderilla.

Empeñose el conde en dejarme en cueros,
¿es aquesto cosa de cuerdo?

Háceme obrar edificio tal, que del susto muero
por embrollo que agora ya no recuerdo.

Regidor (acercándose al abad):

Si vos, señor abad, del condado sois el tesorero,
sencillo tenéis haceos bandolero.

Abad (con gesto de extrañeza):

¿Cómo bandolero?

Regidor:

Administrador sois de sus escudos,
trasieguen éstos de bolsillo, furtivos y mudos;
como vos en eso mostráis maña habilidosa,
desta guisa, siendo la merma silenciosa,
no ha de resultarle al conde dolorosa.

Desa manera, si los señores quieren humilladero…

¡páguenlo ellos de su propia hacienda!
y déjense de otra componenda,
que quien maneja los dineros
sencillo tiene que se le escurran entre los dedos,
trajinando hábilmente, sin miedos.

Abad (dubitativo):

Gran riesgo es,
pues esa sisa
no es cosa de risa
y pudiera ser
escaso el beneficio
y muy grande el perjuicio.

Regidor:

Mayor espanto ha de dar
las arcas propias vaciar,
que ésas mucho cuesta llenar
y lo que dellas viénese a sacar
difícilmente ha de volver a entrar.

Vos sois maestro
falseando libros de asiento,
hurtando cinco aquí y encubriendo siete allá,
llénase la talega de escudos sin que esfuerzo haya.

Abad:

Tal, muy bien pudiera ser,
mas..., no será menester,
pues siempre deja la ventura una puerta
en las desdichas abierta
para dar remedio a ellas
con poco perjuicio o sin grandes mellas.

Desa manera,
y no dígoselo a cualquiera,
siendo yo gran jugador
y mejor apostador,
en la manga tengo as
para mis dineros no gastar sin más,
y es que gozo
de valedor poderoso,
quien merced a un agasajo

concediome cualquier antojo;
guárdolo en el tintero
para momento más certero.

Regidor:

Confieso a vuestra merced una verdad,
y es que estoy en grande ignorancia;
decidme, pues, con sinceridad,
¿quién es el dicho valedor desa prestancia?

Y puesto a sonsacar, dígame por gusto,
¿cuál es ese antojo que, como favor justo,
otorgole el tal valedor?,
pues en contándomelo, sin pudor,
juro que lo callaré
hasta después de los días de vuestra merced.

Abad:

Guárdese, señor regidor, por agora no ha menester
que nada desto deba vuestra merced saber,
siendo el susodicho valedor de tal poderío

que ni al rey válele el reino, ni al conde su señorío;
es de religión muy pagano
y no tiene sombras, ni de lejos, de cristiano.

Regidor:

¡Vive el Dador..., ya alcanzo a comprender!,
trátase de componendas de abad con demonio,
y fueran ellas merecidas de reprender
si no justificáralas el defender patrimonio.

Plega a Dios que esos atrevimientos
no se paguen otrora con estremecimientos.

Abad:

Veo, señor, que andáis fino de entendimiento,
allá se lo haga cada uno con su pecado,
aqueste abad tiene el suyo aún en pensamiento,
en pensado, téngase por consumado.

A fe, señor regidor, dejémonos ya de más recado,
marchemos presto al mercado,

luego allí a maese Pedro el cantero he de ver

y ciertas faenas del humilladero despachar con él.

Regidor:

Vamos pues.

(El abad y el regidor se marchan hacia el mercado. Sale Eulalia que ha estado escuchándolo todo desde el zaguán de la casa)

Eulalia (gesticulando):

¡Válame Dios!, ¡válame Dios!

Buen asunto este el de escudriñar,

entérase una de trapos sucios a hartar.

Si esta gente prepotente, de tan pequeño lugar,

tiénelos en cantidad tal,

más arriba…, ¡qué no habrá!

Dios dirá.

Acúsanme de indiscreta,

habladora y alcahueta;
son aquestos dones tortas y pan pintado
con esotros, en comparado.

Abad y regidor, platicaron como de perlas,
corruptelas, que hay que verlas,
mostrando muy al descubierto
poco o ningún remordimiento.

Donosa majadería hacer bien al amo,
es como echar agua en la mar,
y si alguna voluntad cupiera esperar,
fuera el bocado a quien ofrece la mano.

A veces, la necesidad al desdichado mueve
a acudir a lo que no se debe,
mas aquestos otros lances son de avaricia,
pues quien más tiene, más codicia.

Porque no hay pior corruto
que aquél que aprendió de viejo,
siempre tiene prisa el muy puto
en alcanzar y aun mirarse en el espejo

desotro que desde la mesma cuna
mamó tal maña e hizo fortuna.

Son tales gentes de semejante talante
que cuando dáseles la mano
tómanse hasta el guante,
y con él los anillos, dejando el dedo vano.

¡Qué reino aquéste nos ha tocado!,
si es que en representación de los tres estados,
despoja el noble, sisa el monje, distrae el campesino,
mas éste con tal mal tino
que poco puede arañar donde no ha tocino.

¡Ay, Eulalia calla ya!, metafísica estás,
de qué te vale palabras gastar
ante quien no ha de escuchar,
y es que tu filosofía más aprovechara
a los gorrinos de una piara.

¡Vayan, vayan con Dios ambas vuestras mercedes!,
o mejor, ¡que el diablo se los lleve!
y dejen a la Eulalia en sus quehaceres...

ACTO II

El abad y el regidor han llegado al mercado y conversan entre ellos a la espera de que el cantero acuda a la cita concertada. La plaza está concurrida, hay bullicio en los tenderetes y las gentes bullen de aquí para allá o cuchichean en corrillos.

Regidor:

¡Rediós! señor abad,

concurrido hoy el mercado está.

Abad:

Paréceme a mí que haber hay infinita gente,

diríase que murmuran descaradamente,

y por su insólita expresión,

difamando de alguno, sin compasión.

Regidor:

Así se juzga por su catadura,

vese socarronería y caradura,

mas antójaseme que mírannos con rareza

y aun con estupor y sorpresa.

Acierto a creer que es a vuestra merced a quien ojean,

y siendo como es hombre de Dios,

acecharlo con tal descaro, sin temor de que les vean,

tendrá razón que sabrá vos.

Abad:

No haga caso vuestra merced,

pues gente aldeana es,

dada a husmear cuando hay poco que hacer,

cosa con lo que suélense satisfacer.

Por ventura, más vengo a creer
que es la envidia la que murmura,
por aquesta sotana de raso, tan primorosa de ver,
despertando en la chusma pelusa pura.

Regidor (con gesto socarrón):

Indiferente me es,
pero advierta don Miguel,
que el vulgo ignorante y malintencionado
ocasión ha tomado
en dar a conocer
efemérides a cerca de vuestra merced.

Entretiénese en echar a volar
no sé qué habladuría,
por argumento de la cuál
vos resultó apaleado cierto día
a resultas de un mal sermón
declamado por intermediación
de los vapores del vino.

Abad (se altera):

¡Qué chisme más cochino!

Repítole que no haga caso,
no hubo dicho vino
y sí ciertos cabrones acaso,
de mal perder y muy ladinos.

Lo del sermón es patraña,
vino todo de envite en jugada de cartas,
siendo yo de mano y mostrando más maña,
acusáronme los malditos de trampas.

Presto rindieron cuentas de su hazaña,
mas la turba enfurecida y con saña,
hízome escarnio olvidando mi condición de clero,
sólo porque a uno púsele la jarra de vino por sombrero,
y al otro le planté su mesma silla
de albarda en las costillas.

Regidor (asintiendo):

Si esa la afrenta es, bien me parece
tomar la venganza que se merece,
pues ante semejante desaguisado,
encolerízase el más pintado.

Abad:

Mas lo peor deste altercado
es que el conde, una vez enterado,
púsose de parte desos malvados,
quedando yo por inculpado.

Regidor:

Con eso ha de tener cuidado,
él es vuestro señor natural,
si contra vos injusticia hubiere acordado,
de frente no queda otra que tragar,
de espaldas otro gallo habrá de cantar.

Y guárdese por ventura, don Miguel,
olvídese agora desa hiel,

pues antójaseme que aquél que por allí vese,

por planta y figura,

aparenta ser el maese,

cantero y ducho en alzadura.

Abad (mostrando asombro):

¡Pardiez!, bien que lo es, y llega en buena hora,

mas…, acompañado viene de señora,

¿quién es esa mujer siendo él soltero?

Regidor:

Paréceme María Pacheco, esposa de su carpintero.

Abad:

¿Quién diole a ésa vela en aqueste entierro?

Regidor:

¿No oyó vuestra merced hablar della?

Abad:

Ignorante soy, callo y no yerro

Regidor:

"La Gobernanta" llámanla en la Merindad de Estella,
mujer de carácter es toda ella.

Martín de Zalbide, su buen esposo,
mírala siempre de reojo,
témela con tal enojo,
que calla y cédele el negocio.

La dicha, de la industria se ha apoderado,
manda y dirige que ni pintado,
Martín agora es un mandado,
dicen que vésele un poco acojonado.

Abad:

Pecador de mí, ¿vuélvese el mundo loco de atar?

¿Dónde hase visto mujer capataz?

¿Entiende ella acaso la manera
en que el diestro maestro brega con la madera?

Regidor:

Nuevos tiempos estos son, don Miguel,
quien sabe aún lo que hemos de ver,
¡señoras al poder!,
el Cielo nos proteja si así ha de ser.

Abad:

¡Calle, señor Regidor!, presto aquí llegan,
disimule el modal o nos reniegan
si óyennos cuchichear.

Regidor:

Así sea, pues la Pacheco es de armas tomar.

(Maese Pedro, el cantero, y María Pacheco, esposa y representante del carpintero, se unen al Abad y al regidor al objeto de atar cabos relativos a la construcción del humilladero)

Abad:

Buen día tenga maese Pedro y su compaña.

Cantero:

Lo mesmo digo en reciprocidad tamaña,
de mi parte, y con licencia de quien me acompaña.

Abad:

Hermano…, veo que venís con dama.

Cantero:

A la vista clama.

Esta señora es doña María,
viene en representación de su buen esposo,
carpintero de Estella, el más famoso,
es ella del negocio depositaria.

Regidor (en tono burlesco):

Pues tan sin pensarlo,

como por ensalmo,

aparécenos señora industriosa,

¡qué cosa más curiosa!

Abad (interrogando con estupor):

Y esta doña afanosa…

¿de ejercer garantías da

con la necesaria habilidad?

Cantero:

Una tan reverenda persona,

como en vuestra merced asoma,

saber muy al pronto debía

que su marido aporta la debida garantía.

María Pacheco (con voz firme):

Señores, acabe presto la ceremonia

y dejémonos ya de remilgos,

sobra aquí la parsimonia
que la industria no entiende de domingos.

Abad (murmurando entre dientes):

Lléveme el diablo… ¡qué osadía!,
en viendo tal energía,
pregúntome a ver quien doma
aquesta nueva amazona.

(Dirigiéndose ahora a María Pacheco)

¿Cómo es, señora, que vuestro santo esposo,
no está aquí velando por negocio tan provechoso?

Resúltanos un tanto extraño
mujer metida en semejante apaño.

María Pacheco:

Amigo de tabernas es,
algo flojo de pies
y gústale mucho el reposo,
aunque muéstrase mañoso,

tiene tendencia al ocio,

si por él fuera,

de mala manera

terminara este negocio.

Abad:

Y vos, señora... ¿diestra sois en materia de madera?

María Pacheco:

No escápaseme detalle de carpintera.

Regidor (socarrón de nuevo):

Insólita cualidad tal ejercicio,

fuera mayor virtud en dama

otro quehacer de mejor servicio

y sin menoscabo de la fama.

Convinieran mucho al reino

los que ofrecen la aguja o la rueca,

tales, para mujer de lo más genuino,

ante los cuales nadie hiciera mueca.

Abad (imperativo):

Y aun leer libros devotos,
mejor que esotros.

María Pacheco (malhumorada):

Señores... ¡déjense de más sermones!,
y no me tienten los...
que en asuntos de maderamen
aquésta manda, dice chitón y amén.

Abad:

Siendo así abreviemos y detallemos,
florituras olvidemos
en las que tiempo perdemos,
y en tan arduo y cristiano negocio la cuestión centremos.

Señor cantero, amigo... ¿cómo de grande es el despilfarro
deste asunto del guijarro?

Cantero:

Dígole, don Miguel, que lo concerniente a la piedra,
como materia lujosa,
es de hechura costosa,
mas poco es eso para quien bien medra.

La verdad sea que no hay sillería mejor
que aquésta bien dura,
de calidad superior,
pues por siglos perdura.

Agora me hallo aguardando el mandato
de ejercitar mi arte de inmediato,
para cuando vuestra merced sea servido
ordenar dar comienzo lo proveído.

Piedra arenisca de la buena tengo entera,
de Baigorri, que es la cantera.

No queda más espera
de que se me participe el lugar
donde se ha de edificar.

Abad:

Interésale mucho al conde que tal obra se asiente
de cara al lado de oriente,
en saliendo de la villa camino de Lerín, es su capricho,
voluntad que no ha de ponerse en entredicho.

Está el sitio junto a la casa deste abad,
asimesmo, en un solar de mi propiedad,
y es que economizar de lo suyo, es del conde cualidad.

Cantero:

Si decidido está ya, comencemos presto,
planos y piedra tenemos… ¿mas el resto?

María Pacheco:

Madera hayla, haya de Urbasa, de la fuerte,
roble de Lóquiz, bien consistente.

Está la herramienta dispuesta y preparada,
sierra, formón, hacha y gubia bien afilada.

Mi esposo y tres oficiales raudos han de preparar
tornos para la piedra elevar,
escala y armazón para poderla emplazar.

Cantero:

En teniendo solar y estando dispuesto el material,
no hay más que hablar… ¡a trajinar!

Presto y con primor
es menester echar mano a la labor,
que en la tardanza
escóndese peligro de holganza.

María Pacheco (imperativa):

¡Alto, maese Pedro!, no tanto apremie a deshora,
quédanos algo por detallar que no cabe postergar,
el asunto de los dineros débese tratar agora,
pues sin ellos acábase la empresa antes de comenzar.

Fuera menester y buena costumbre,
adelantar algunos caudales

con los que aliviar la pesadumbre
que representa comprar los materiales.

Dígame, señor abad... ¿cómo vos nos ha de pagar
en teniendo en cuenta que maestro y oficiales
reciben su jornal diario de a ocho reales?

¿Puédese acaso anticipar?

Abad:

No tal,
finalizada la obra, se cobrará,
palabra del abad.

María Pacheco:

Por vuestro voto religioso,
hago fe que no debiera resultarnos moroso.

Abad:

Señora, la verdadera fe está en creer
lo que no puédese ver.

María Pacheco (amenazante):

Suélese decir que un mal llama a otro,

luego, si en adelantando dineros en componentes,

fuera el caso de no satisfacerse la hechura desotro,

vive el Dador que la deuda se cobraría con uñas y dientes.

Mas, habemos de dar por bien empleada su promesa

y roguemos porque no nos saliere con sorpresa;

quiera Dios que su honestidad y recato

no resultare como el cariño del gato.

Abad:

Señora carpintera, vuélvole a repetir,

que aqueste abad no conoce el mentir,

y que cuanto se ha concertado,

en su momento, pagar se hará al contado.

Regidor (en tono burlón):

Por cierto, don Miguel, asunto hay que me intriga

y no es otro que saber porqué el conde instiga

a que se edifique humilladero monumental,

lujoso y oneroso, en lugar tal.

Y es que dícese por ahí, y viénese a contar,
cosa del vulgo ignorante y malintencionado,
que el humilladero vuestra merced lo ha financiado
de muy mala gana y muy en contra de su voluntad.

Abad:

Lo de oneroso al conde dale igual, pues paga el abad,
en cuanto al lugar y razón, larga historia hay para relatar
y, aunque por cargo no debiera, hoy me place murmurar.

Aquí y agora he de detallar la verdadera verdad
y con ella así disipar
esotras falsas historias,
borrando embustes de las memorias
que acúsanme de reñidor,
de poca vergüenza y menor temor de Dios.

Quien propaganda hace dese suceso,
fuera de juicio tiene el seso,
es gran bellaco con maña en la mentira,

muy hideputa, que despierta mi ira.

Regidor:

Cuente, cuente, señor abad,
aclárenos aquesta intriga con esa su verdad.

Abad:

Resulta y de todos es sabido
que el conde, amén de un poco relamido,
es también gran madrugador
y vuélvese entonces enredador con las cosas del amor.

Avívasele la lujuria según amanece,
despiértasele el juguete a lo que parece.

Como despabila temprano, por de mañana, sin faltar una,
a eso de maitines, pretende a la condesa templar,
aquésta, harta y un poco mohína, dale larga oportuna
y despáchalo de la alcoba, al balcón, al alba contemplar.

Es así que el muy pellejo,

desistido por fuerza de su intención,
todavía con eso tieso,
mientras cesa la inflamación,
abúrrese en exceso
y ocurriósele distracción.

Acaeció así que un día,
hurgando entre la mercancía
de un mercader quincallero,
mucho holgose el buen caballero
descubriendo cierto aparejo.

En mala hora compró al buhonero catalejo,
instrumento diabólico y complejo,
pues con él, desde el balcón del exilio,
alcanza a ver todo su extenso dominio.

Fue entonces cuando vínole a la mente
a la salida de Allo el humilladero plantar,
luego, desde Lerín, en palacio apostado ricamente,
con el tal catalejo alcanzará a otear
a todo labrador que por allí hubiere de pasar,
escrutando, si realiza ante el humilladero reverencia,

verificando, si en su regadío a la hora hace presencia,

fiscalizando entrambas cosas gustosamente,

sano y salvo, sin necesidad de otra gente.

Regidor (con gesto de aprobación):

Bien astuto me parece

eso de vigilar al labriego como se merece,

es nuestro conde muy cuco,

apalpa y no vésele el truco.

Abad:

Pues aquésta es la verdadera historia dese tío roña,

dado que toda la obra se hace a cargo de mi persona,

por capricho del conde, que no suelta un real ni de coña,

pónelos uno sobre otro el abad, que es quien dona.

María Pacheco:

Mucho quéjase el señor abad

del menoscabo de su hacienda,

empero, más hubiéramos de lamentar

maese Pedro y yo mesma en la contienda,

que en todavía no hemos visto ni un real desta ocurrencia

y dame cierto tufillo que habemos de hartarnos de paciencia.

Los dineros están quedos en la talega,

de tan perezosa entrega,

que el señor abad atesora

muy a deshora.

Abad (algo mohíno):

A otro perro con ese hueso, señora,

adelanto no habrá por agora,

y dejémonos ya de más chismes;

vos maese Pedro, vos señora Pacheco,

arreciad con lo que os toca, pues de aquí a un mes

quisiera que en ese solar no se viera ya el hueco.

Y marchemos, señor regidor, al momento,

tiempo es ya de recogimiento,

que el día mucho se ha alargado,

siéntome ya un poco cansado,

la verdad sea que encuéntrome algo debilitado,

pues, tan sin pensarlo, vínome esta angustia

por el peligro de ver la bolsa mustia
y hasta intuyo que muero
en menguándome el dinero.

Regidor:

¡Calle por el amor de Dios, don Miguel!,
sosiegue vuestra merced el pecho,
verdad es que quieren sacarle a tiras la piel,
por eso está vos en el derecho
de hacer servir aquel as que otrora dijo,
avalado por ese su secretario con quien trato hizo
que, aun siendo enemigo de Dios y de sus santos,
en sirviéndole, no ha de darle espantos.

Abad:

Como bien dice y si así se procura,
este mal en todavía tiene cura,
mas hora es ya de reposar destos líos
y queden estos dos artesanos con Dios.

(El abad y el regidor se marchan del mercado. Permanecen allí María Pacheco y el cantero que continúan conversando)

María Pacheco:

Ya que fuéronse esos señores, maese Pedro, estese al quite,
y dígame si no dale olorcillo
que con aquesto del humilladero el abad busca desquite
y siendo como es tan pillo
aquí pudiera haber engaño
del que nosotros tomemos gran daño.

Cantero:

Con semejante tacaño
bien pudiera ser,
su fama precédele haciendo apaño,
así que riesgo habemos de correr.

María Pacheco:

Amén, señor mío…
¿qué secretario es ése del que platicaban, tan impío?

Cantero:

No sé, señora,

mas desos tratos alguno habrá que llora,
tengo para mí que ha de ser gran bellaco,
igual que ellos o que el mesmo Caco
y no me harán creer otra cosa frailes descalzos
si acudieran predicando bondades destos falsos.

Es así que viéneme cierto barrunto
de oscura trama en aqueste asunto.

María Pacheco (categórica):

Si no paga, se reclama,
si no abona, palo y se le desloma,
luego, aun siendo religioso,
el miedo guarda al moroso.

Cantero:

Confiemos que a tal no se habrá de llegar,
pues si el conde avala, el abad paga.

María Pacheco:

Por ventura... ¿dónde vos entendió que el conde se obliga?,

el conde, por mandato, sólo instiga;
a fe, maese Pedro, a lo que parece,
el abad, si ha de pagar, fenece.

Cantero:

Juzgo que todo aquesto es compostura y ficción,
muy en contrario de nuestra pretensión.

María Pacheco:

Voto a Satán, presiento gran necedad,
además, fijose vuestra merced
en la extrema palidez
y la mala catadura del rostro del abad
que hácele parecer espectro
feo y siniestro.

Cantero:

Antójaseme como si fuese enfermo, sí por cierto,
desos de color amarillo,
como de podrido el higadillo.

Vésele también mirar del revés,
tal que parece bizco,
mas pienso que hácelo de maligno que es
y por los ojos echa cisco.

María Pacheco:

Resignación nos queda, maese Pedro,
arriesgar el hato en anhelo de medro.

Entonces aligeremos las obras,
no se nos desaparezcan y vayan en humo las esperanzas,
ya habemos muchas y grandes zozobras,
por agora, aquestas angustias tórnense en confianzas.

Cantero:

Así es la verdad, señora mía,
sea menester dar comienzo esa obra pía,
encomendémonos a Dios y vaya todo pa delante;
mas otra cosa importante...
¿dónde hállase Martín, vuestro esposo, en este instante?

María Pacheco:

En llegando a esta villa, dejelo en la taberna,
pues quejose de cierto dolorcillo en una pierna,
jurome que el sufrimiento impedíale mantenerse en pie,
otra vez excusa, témome.

Hizo voto de abstinencia,
dio palabra de hacer penitencia,
de olvidarse del vino.

Asimesmo convino
que estaríase sólo en reposo,
en alivio dese dolor pesaroso.

No sé, no sé…, poco o nada fiome,
cabra en monte olvida los lamentos,
zorro en corral, cuando gallinas ve,
impórtale un ardite juramentos.

Mas, si a esta vigilia comprometiose,
en poniendo un santo por notario,
plega a Dios que obedezca, aun en precario,

o de la taberna he de sacarle, mal que le pese,
y verdaderamente crea desde agora
que es llegada su última hora.

Cantero:

Así es la verdad, señora mía,
vigile ese vuestro marido,
la mejor oveja desbócase y la lía
si la pastora anda en descuido.

María Pacheco (se percata de que se aproxima su marido y en estado ebrio. Habla en tono sarcástico):

Y en hablando del rey de la carcoma,
miradle por donde asoma.

Viene, como siempre, a la zorra,
curósele ya la pata modorra.

¡Milagro!... ¡prodigio dese brebaje!,
resultó el vino sanador sin médico que trabaje.

En el rostro vésele la desazón

por si su negocio vino a razón.

(mostrando enojo)

¿Para qué yo me desvelo
si al señor Martín
no dale el asunto dos maravedís
y dedícase a hacer el canelo?

Pecadora de mí..., esos andares anuncian tormenta,
como Pacheco me llamo,
juro por cierto que no hay villano,
que diere su palabra sin que mienta.

(Llega hasta ellos el carpintero Martín del Zalbide. Viene de la taberna,
se tambalea, tiene los ojos vidriosos y el habla pastosa)

Carpintero:

A la paz de Dios, señor cantero,
mi buen amigo y el mejor maestro del mortero.

¡Albricias!, también aquí está mi amada esposa.

¡Ay!, si fuera tan cariñosa como negocianta hacendosa.

María Pacheco (enfurecida):

Bonico aparece el señor Martín,
y advierto en ese tono un cierto retintín,
vienen él y la mona, juntos los dos,
¡voto a Satán!, que estoy por hacer un estrago en vos.

¡Válale el diablo por villano!

Bien nótase donde andamos,
en la taberna de la Fuente
y no precisamente sorbiendo agua corriente.

Siempre poniéndose en entredicho,
yéndosele la estimación de todos
por culpa dese capricho
de empinar los codos.

Aqueste mal temple
hace que se os tenga por simple
y es que habeos viciado

al vino, aunque sea picado.

Dese vuestro lamentable estado…
¿quién tiene la culpa agora?
es acaso el Cariñena, en mala hora,
o… ¿es de nuevo el vino navarro?

Carpintero (debido a su estado, presenta dificultades para hablar y sostenerse en pie):

Ni en la mejor jarra de barro
he catado yo ese navarro,
pues como bien sabedes, tal que ayer,
merced al dicho vino vomité entrañas y hiel
tanto, tanto, que volvime del revés,
en sufriendo padecimiento sin fin.

María Pacheco:

¿Estáis en vos, Martín?

Mudaos de dentro a fuera… ¿cómo pudo ser eso?

¡Sin duda por el vinario exceso!

Carpintero:

Vengo a creer que fue la culpa de su extrema acidez
y dígolo porque al fondo del jarro veíase la pez.

María Pacheco:

Tengo para mí que en bebiéndose más de un cántaro,
vomitáralo vos y cualquier otro pájaro.

Carpintero:

¡No tal!, pudiera ser también por su mala crianza
o porque en barrica echáronle un gato para darle prestancia.

María Pacheco:

¡Calle por el amor de Dios!, quien a todos bendice,
y tenga vergüenza de lo que dice;
por ventura... ¿también hoy vos tiene excusa
para esa fechoría de la que el aliento os acusa?

Carpintero:

Hayla y buena,
de las que libran la pena.

He sido víctima por accidente
de conjura tabernaria indecente.

Entrando yo en la tasca de la Fuente,
ésa que de aquí está todo de frente,
donde vuestra merced dejome al abrigo,
saludome presto el tabernero, muy mi amigo.

Sorprendiome el verlo vendado,
contome que en oscura trifulca resultó apaleado,
que grande tempestad descargó en sus costillas
haciendo añicos una o más sillas
cierto abad tahúr y quisquilloso,
quien en asunto de naipe resultó muy melindroso.

Fue así que, en aquel ambiente de concordia,
con afán de olvidar esa anterior discordia...
¿hay mus?, preguntó el tabernero susodicho,

¡haya!, habló Sancho el talabartero,
esos dos, yo y un arriero
dímonos ese buen capricho.

Mas la cuestión de la baraja,
muta el entendimiento en caraja,
propicia a la beodez inmediata,
volviendo el juicio hasta meter la pata.

Tan sin pensarlo, entonces, amagamos,
desta guisa, jugamos y jugamos.

Estando yo de mano,
viéndome buen naipe, dije tan ufano:
¡paso a grande, quiero, envido!
¡otra jarra que yo convido!

Mostráronse las cartas y casi pierdo el sentido,
traginose a mi costa la cántara de aquel maldito vino,
desafiamos más y más,
y aquello fue el cuento de nunca acabar.

En éstas, sin orden ni concierto,

nublóseme prontamente el entendimiento,

mudóseme asimesmo el gesto,

comencé a trasudar por abatimiento,

quedeme sin discurso ni pensamiento,

con poco recuerdo hasta el presente momento.

María Pacheco:

¡Enemigo de Dios y de sus santos!,

semejante vicio póneme en espanto.

Cómo os es posible maquinar tal amaño

del que resulte tanto engaño,

si en vuestro seso sólo hay serrín desde antaño.

(Coge a Martín por la oreja y lo saca de escena mientras le grita)

¡Qué cruz con vos tengo Martín!,

tornemos a casa a dormir ese celemín.

Tomara más disposición en amparar su negocio

cualquier bellaco descomulgado

que mi esposo, tan amigo del ocio,

calavera, que muy mucho se me ha viciado.

(Queda el cantero sólo en escena meditativo)

Cantero:

¡Qué mujer tan discreta!, quisiera yo para mí otra tal que asín,
y es que eso de ser soltero antójaseme mucho trajín.

Misterioso discurso el de la vida,
las más de las veces viene sufrida,
pone la miel en la boca del amigo necio,
y aquéste, lo mesmo que el asno hácele aprecio.

ACTO III

(escena primera)

Ha transcurrido un tiempo y el abad, presa de males y disgustos, ha fallecido. La obra del humilladero, por diversos avatares, queda inacabada y los herederos de don Miguel deciden olvidarse del asunto. Ciertas deudas relativas a su construcción no han sido satisfechas.

María Pacheco, ahora viuda del carpintero Martín de Zalbide, muerto por las angustias de los impagos, se encuentra frente a la puerta de la Casa del Mayorazgo en unión de maese Pedro, el cantero. La vivienda se

halla cerrada a cal y canto, y en su interior permanecen atrincherados los sobrinos del abad. La Pacheco y el cantero conversan entre ellos a la vez que reclaman a grandes voces lo que les pertenece ante quienes hacen oídos sordos.

(¡Toc, toc, toc!, María Pacheco golpea fuerte e insistentemente con la aldaba en la puerta de la Casa del Mayorazgo)

Cantero:

Señora, desta casa esos sobrinos han hecho fortaleza,

no han de abrir el portón por más que aporree con firmeza.

María Pacheco (indignada):

Bien podrán estas gentes hacer defensa della,

estoy por buscar ariete para en la puerta hacer mella.

Cantero:

Sosiegue vuestra merced el pecho,

más que fuerza, habrá de usarse el derecho.

María Pacheco (vocifera dirigiendo su ira hacia la puerta):

¡Abrid, gente vil!

Señores herederos…
¿dónde están los dineros del humilladero?

(Se dirige ahora a maese Pedro)

Si reclamo al conde
el muy ladino no responde,
díceme que es al abad a quien corresponde,
si vengo al abad, muriose y ya no está
diríase que llevóselo el mesmo Satanás.

Cantero:

Tenga por seguro que así ha sido,
por miserable avaro fementido.

El diablo esperábalo como agua de mayo,
pues sabe que en él tiene buen lacayo.

Mas…, su Reverendísima, fuese sin abonar

tal como era de esperar.

En mala hora aquesto barruntamos
y en peor hora ir adelante consentimos.

(El cantero clama también en voz alta en dirección a la casa)

¡Señores sobrinos, señora barragana…
asomen el hocico si les viene en gana,
y páguennos lo adeudado sin más galbana!

(Dirigiéndose a María Pacheco)

Ese defunto usurero...
¿llevose acaso a la tumba los dineros?

María Pacheco:

Vengo a creer que no hizo tal,
pues por sus muchos pecados
y sinnúmero de desaguisados
miles de misas hase de sufragar,
si en el Purgatorio pretende reposar.

Cantero:

Creo yo que más profundo ha de bajar,
el mesmo abismo podrá con la mano tocar.

Advertido queda el señor Satanás,
que en habiendo dineros en los infiernos,
que en habiendo trajines en los avernos,
el dicho abad de trapichear es capaz.

Semejante corruto
destronar ha por astuto
al diablo más sagaz,
ocupando que ni pintado su lugar.

María Pacheco (rugiendo contra los sobrinos):

Mi hijo su pan reclama,
mi pobre Martín, desde el hoyo declama:
¡dime al vino por el disgusto,
morime agora y poco a gusto,
culpa es de la deuda dese tío puto!

¡Martín muriose, sí, finó menesteroso,
la pena le perturbó su amado reposo!

¡Malhaya sea el abad moroso,
que así apuntilló a mi buen esposo!

Cantero (compungido):

El bueno de Martín finado
por los pecados dese malvado,
cuanto sufrimiento tuvo ese mi buen amigo,
yo con él y él conmigo,
interminables días en los andamios subidos,
allá arriba encaramados,
obrando piedra, serrando madera
de malas posturas y peor manera,
para después y tras luenga espera,
no dar ni un escudo por bienvenido,
ni reponer nada de lo mucho invertido.

Sacrificó las más de las siestas
desas tan buenas de pierna suelta,
abandonó su amada holganza

con la esperanza de llenar la panza,
mas todo para nada
merced al abad y su cabronada.

María Pacheco:

¡Qué verdades dice, señor cantero!

Pena tengo por los improperios dichos a mi compañero,
malos recuerdos son esos reproches hechos a mi marido,
sobre todo agora, que ya hase ido.

Yo ya tengo por cierto y por averiguado,
que cuando quejábase dese su pie mermado
no fue de fingimiento ni hubo engaño
sino gran verdad, dolor y daño.

Y si alguna vez doliose sólo por dar la castaña,
yo perdónolo, sin rencor ni saña;
era de voluntad débil y enamorado de tabernas
que atraíanlo como a Ulises las sirenas,
pero como aquestos sitios resultaron sanadores de piernas,
alcanzaron provecho por aliviadores de penas.

¡Ay, mi pobre Martín!, víctima dese vicario del diablo,
reventara yo agora si no hablo,
y aún estoy por hacerme una cruz de admirada
en pensando en toda aquesta gran putada.

Cantero:

Diome a mí olor que abad flaco con sotana deslucida
gran avaricia guardaría escondida,
mas…, confiamos en su palabra,
y resultó promesa de cabra.

¡Qué digo cabra, fuere de cabrón!,
el mesmo que huele a piedra azufre y carbón,
a quien agora ése da cuenta de su pasada mala vida
y responde de lo que el dicho Satán le pida.

María Pacheco:

¡Ah! el muy hideputa, maestro del engaño,
qué bien tejió la trama hasta hogaño,
con sus artes de nigromante
domesticó un diablo al instante,

hasta dicen que viósele volar
sobre una nube, junto y a la par
desotro de su mesma condición,
el famoso Johanes de Bargota, a quien la Inquisición,
por brujo y arrogante puso en infamia y condena,
pues de su cuerpo separó la cabeza viva, y en pena
el Santo Oficio le hizo Auto de fe,
en Logroño, a lo que se ve.

Cantero:

Sí, dicen que el de Bargota, muy su amigo,
llevose al abad por el mundo consigo,
la nube guiaba con maestría,
a Roma, ida y vuelta hacía en un día,
en un soplo, lo mesmo en Trebisonda aparecía.

María Pacheco:

Pues, dígame entonces señor cantero…
¿a qué pecado no se aficionó y entregó rendido
el dicho abad con esmero?,
ese portento, de la mano de Dios perdido.

Cantero:

En vida no le faltó virtud a nuestro abad:
avaro, embustero, rapad,
fullero, vicioso y Don Juan,
a más, supo las cartas echar,
bien para despojar, bien para adivinar,
¡qué arte el suyo en la maldad!

María Pacheco:

Y si en aqueste mundo anduvo tan virtuoso,
agora finado, en esotro, quien lo viere, tan gozoso
entre los suyos, bellacos todos, allá en su pozo,
más soberbio que si fuere mozo.

Cantero:

Imagínolo capitán de diablos, de negro sotana,
en hechura de cabrón, con pezuñas y dos rabos,
y desta guisa, con ruindad insana,
entregado a infinitos menoscabos.

María Pacheco:

Reír ha gozoso
del mal hecho cuando moroso.

Cantero:

Bien pienso que aun muerto dejó recado
a esos sus sobrinos realquilados
de no pagar ni blanca de lo adeudado
a los artesanos del humilladero, pobres desventurados.

María Pacheco:

Malditos sean los que ahí dentro se han fortificado,
de dineros y vergüenzas legatarios,
sordos a las desgracias destos proletarios,
fieles cumplidores de lo por el abad mandado.

Cantero (señalando a una ventana):

¡Mire, doña María!, ésa que tras el visillo asoma...
¿no es la barragana del abad que a chanza parece nos toma?

María Pacheco:

¿Qué otra había de ser, señor cantero?

Esa tratante de amores... ¿puso algún pero?
pues al calor de la talega mudó de dueño,
de abad a sobrinos pasó sin perder el sueño.

Cantero:

Impórtale medio maravedí su honestidad y recato;
regocijó sotanas antaño,
deleita calzones hogaño,
igual dale lego que beato.

María Pacheco:

Empero, dícese de la apostura desa señora
ser tal y tan arrebatadora,
que huyérale hasta un encendido cabrero
no siendo que, en yaciendo, le regalare el agujero.

Cantero:

Luego, esos sobrinos…
si mantiénenla amancebada,
o son de estómago sufrido
o tiénenla bien amortizada.

María Pacheco:

Yo vengo a creer que llenos de codicia,
siendo beneficiarios de la avaricia,
administran todo aquello heredado
por embajada infernal del abad finado.

Es que en la obediencia les va la hacienda,
que ése desde el otro mundo la plana les enmienda,
y si no cumplieren lo mandado respecto a lo impagado,
por semejante osadía viéranse más tiesos que un ahorcado.

Cantero:

Siendo así, la cobranza se me antoja esquiva,
mas, señora mía, arreciemos aquí y agora los lamentos
y voz en grito, los que ahí se ocultan por vivir del cuento,

hártense de nuestra queja reivindicativa.

María Pacheco (elevando la voz de nuevo):

¡Sepan pues los señores sobrinos,
agora furtivos tras esos muros,
que no he de permitir semejantes desatinos,
o páganme mis buenos escudos
o reclame yo a las más altas instancias!

¡Juro por mi defunto Martín
que escribir he al Papa contando las ganancias
que ese abad hizo hurtando sin fin!

¡Empero, el trajín no ha de quedar asín,
juro ora por el mundo entero
y dígolo bien sincero,
que a la justicia he de recurrir!

Cantero:

Desta manera, del asunto ha de entender la Corte Mayor,
para que con su buen discernir,

haga condena y se escuche público clamor
de las sisas habidas y por descubrir.

Y de no ser asín, se ha de apelar
a los ricoshombres del Consejo Real,
pues la justicia está en la mano del Rey,
quien con su buen entender es mismamente la ley.

María Pacheco:

Y en cobrando como se ha aquesta querella
descanse al fin el ánima, en pena ella,
del mejor esposo habido cuando sobrio,
algo bellaco cuando ebrio;
voto hago por éstas que padre de su hijo,
que fue Martín de Zalbide, carpintero prolijo.

Cantero:

Marchemos pues, señora,
aquí hacennos oídos sordos antes y agora,
tornemos a la villa de Estella
a buscar el mejor letrado de toda ella,

que allí, bajo cada piedra salen tres;
pleiteemos por lo nuestro contra los dichos sobrinos
y concibo, como en sueño, que no transcurrido un mes
paguen esos herederos la deuda hecha cuando fuimos primos.

María Pacheco (mostrando cierto desconcierto):

Maese Pedro... ¿no será eso desatino?,
pues tengo entendido que negociar con letrado
viene a ser lo mesmo que leer el chino
y no entiéndelo ni la madre que lo ha echado.

Sepa vuestra merced que es sabiduría popular
que el diablo, cuando a este mundo sube a enredar,
acude en hechura de abogado,
en cuyo traje acomódase que ni pintado.

Luego, si en saliendo de la sartén del abad cual gato escaldado,
viniéramos a caer al fuego del trato con letrado,
malhaya sea la leche que nos han dado
por necios y menguados.

Cantero:

No tema, señora, pues para imponer pena,

recibiendo los morosos condena,

y si yo no me engaño,

la querella que nos haga apaño

necesita de gente en leyes diestra,

tal como el letrado se muestra.

María Pacheco:

Mire, maese Pedro, es menester

que aqueste nuevo atrevimiento

no se pague como esotro de anteayer;

no nos embarquemos en más afligimiento

del que salgamos con pesadumbre,

pues entreveo que esos letrados de Estella,

no siendo cristianos viejos, tienen por costumbre

ser más vivos que una centella

en amasar muchos dineros,

solazados en dejar a los confiados en cueros,

para lo cual no han de dudar

en a cualquiera embaucar

incitándolo a demandar
con el disimulo de pretenderlo amparar.

Así, entrar en otra angustia por el ansia de ganar ese litigio,
se me antoja más bien haber perdido el juicio,
pues será menester un gran prodigio
para que todo aquesto no termine en nuevo estropicio.

Cantero:

Confiemos en la fortuna, doña María,
que el buen hacer del letrado vale más que un avemaría
y nos llevará a conseguir lo que fuere imposible de otro modo,
dado que dellos es natural ser fingidores y metomentodo.

María Pacheco:

Siendo ésa vuestra determinación, señor mío,
hágase como vos propone,
demos crédito a tan milagroso gremio
y veamos qué Dios dispone.

Cantero:

Señora, juramento le hago
de salir deste juicio aciago
sanos y salvos y sin cautela,
si no, a éste que por vos cela
lléveselo el diablo en unión
dese abad tan de nuestra aversión.

María Pacheco:

Maese Pedro, Dios oiga su letanía,
justo es que pleiteemos,
más en todavía que ganemos,
y quédese vos en este mundo en mi compañía.

ACTO III

(escena segunda)

La escena se ambienta al calor del infierno. Allí están el abad y Satanás, quienes desde su vislumbre omnipresente se han percatado de lo acaecido en la puerta de la Casa del Mayorazgo. El abad se encuentra metido y cociéndose en un gran caldero puesto al fuego, cuya lumbre es la única luz que ilumina la estancia. Don Miguel asoma de cintura para arriba mientras el diablo deambula alrededor del perol portando tridente y departiendo sosegadamente con el abad.

El diablo:

Gran voceadora es esa María Pacheco,
hasta aquí llega el eco
cuando da el do de pecho
reclamando su derecho.

Abad:

Sí, ciertamente, grandes quejas viene a dar,
mas..., eso demandar, es en el desierto clamar,
que por enojar al conde a mis sobrinos dejé alentados
de no amortizar nada de lo convenido,
así los artesanos, dándose por impagados,
olviden la obra y ténganse todos por jodidos.

El diablo:

¿Y no pudiera ser que miedosos desos bramidos,
viéndose increpados desa manera vuestros sobrinos,
vinieren a hacer un desatino
abonando los trabajos debidos?

Abad:

Bien advertidos quedaron
de no soltar los dineros,
y por la leche que mamaron,
que de no cumplir vense de borriqueros.

Empero, siendo como son de mi mesma calaña,
herederos de ingenio y maña,
eso de pagar en ellos es cosa extraña,
fantasía, alucinación o patraña.

Así que quédense entretenidos
con esa su baraja de la que quéjanse los desposeídos,
por la que mediante arte de prestidigitación
recaudan que es una bendición.

Lo mesmo despellejan al primo
que desollan al vecino,
y desa manera, atentos a estos avatares,
desoyen esotros pesares,
porque peor sordo no hay
que aquél que oír no quiere nanay.

El diablo:

En justicia así ha de ser,
no fueran a deshacer
todo aquello por mí cumplido
por cobrarme un fallecido.

Más, a lo que veo, señor,
es que toda vuestra parentela
tiene al naipe por oficio recaudador,
y aun vuestra merced hace arte desa bagatela,
pues tengo de buena fuente información
de que en el mus es vos farolero hasta la extenuación,
y en cambiando de baraja conviértese en gran vaticinador,
desentrañando los arcanos como el mejor adivinador.

Abad:

Bien pudiera ser eso cosa de familia
y la verdad sea que el naipe resulta más ameno que la Biblia.

A mis sobrinos esa afición vínoles por holgazanes,
escapando de otro trajín vinieron a hacerse truhanes.

Mi persona, entre vigilia y vigilia, en el seminario,
encontró en las cartas entretenimiento diario,
mas transformose en adición
en cuanto el juego devino en recaudación,
que aquellos cándidos seminaristas
nunca advirtieron las trampas deste artista.

¡Ay, simples!, jamás percatáronse
de quien no comulga, si en la sotana ampárase.

Y esotro de la adivinación
aprendilo por intermediación
de aquel gran mago, el cura de Bargota,
muy mi amigo, hasta que a la Inquisición colmó la gota.

El diablo:

Si no fuera diablo haríame una cruz de admirado
en viendo cómo vuestra merced, siendo religioso,
busca la amistad de don Dinero, ansioso,
y dale un ardite ver a Dios abochornado.

Joaquín Vázquez

Abad:

No se engañe señor Satanás, aquesto es pragmatismo,
a Dios adoré cuando fue necesario,
aquí y agora, en el abismo,
os festejo a vos, su adversario.

El diablo:

Mudando de tema, dígame, señor abad…
¿qué a vos le ha parecido,
tal como me hubo pedido,
el remedio dado a vuestro pesar
de ni medio real pagar
y aun jamás ver terminado,
cuando no arruinado,
ese humilladero maldito,
penitencia impuesta por vuestro mal hábito?

Vuestra merced bien sabe,
que a las gracias corresponder cabe,
siendo este diablo de lo más agradecido
por aquel don recibido,

como fue esa candelilla

encendida con una cerilla,

que vos me dedicó

y con ello, de paso, me invocó.

Abad:

Júzgolo bien a medias;

lo de ahorrarme los dineros y, entremedias,

que el humilladero quede inacabado,

más que nada por tener al conde encolerizado,

paréceme de perlas; mas acontecer

eso de haber de fenecer

y en habiendo fenecido

aparecer en el infierno, es de poco agradecido.

Juraría yo que esa cláusula tan en mi detrimento

no figuraba en el contrato firmado aquel momento,

ante testigos y un notario,

quien como buen funcionario,

sólo por dar fe se embolsó el honorario

y la propina, que decía ser reglamentario.

Guardo yo el pergamino escrito
certificando aquello que allí fue suscrito,
rubricado por vos en persona,
acreditando que no fue cosa de broma.

El diablo:

Vengo a creer, señor abad, que no leyó bien el documento,
pasó por alto la letra menuda, donde daba consentimiento
para que esa su alma negra aquí compareciera
presto, raudo y sin espera.

Además, agradezca vos la salvedad
muy en beneficio dese abad,
de que en el contrato no se escribiera
ni se hiciera mención siquiera
de cierta disposición habitual, según la cual,
viene a ser obligación, muy a su pesar,
las posaderas al diablo besar,
condición inexcusable del ritual.

Abad:

Tal pudiera ser, mas tenga vos en cuenta
que parte de mi fortuna, en evitación desa afrenta,
la invertí yo en misas post mortem
como aval, garantía y sostén
de alcanzar, si no los cielos,
acaso el purgatorio, aunque fuere por los pelos,
a ello destiné grandes emolumentos,
por excusarme de padecer tales tormentos.

El diablo:

Señor don Miguel, para ser pastor de rebaño
es vos algo ingenuo y de fácil engaño,
pues pacto con el diablo
no rómpelo ni san Pablo,
es como contrato de banca,
quédase uno sin blanca,
siempre gana el usurero,
quedando el cliente en cueros.

Y sepa vuestra merced que eso tan creído

de ganarse el cielo con dinero invertido,
es conseja que cuentan las viejas
cuando en invierno al fuego cardan madejas.

Abad:

Entonces, dígame, a lo sumo...
¿invertí yo acaso en humo?

¿Me engañó el dueño desos cuernos?

Por ventura, ¿no valen los dineros en los avernos?

El diablo:

Sí valen, sí, pero ha vos de saber
que de lo que la Iglesia ingresa en su haber,
no ve el diablo ni calderilla...
¡así es la avaricia desos de la coronilla!

Luego..., de lo por vos abonado
aquí poco o nada ha llegado
y no existiendo remanente

no hay por qué mostrarse clemente.

Quien quiera beneficios
satisfaga antes los servicios;
el diablo no fía
ni da crédito a quien mal porfía.

Abad:

Pues si así ha de ser, y estar por fuerza hemos,
querría yo no sufrir la pena de improviso,
sino acomodarme más con rodeos que sin aviso,
pues aquesto es hervidero con calores extremos.

Y no sólo eso, lo peor es el tufo
a ungüento de piedra azufre y letrina
que déjame las narices que bufo
por esa peste tan gorrina.

El diablo:

No se apure vuestra merced, téngase sereno,
que aqueste diablo es liberal en extremo,

por ello, tiempo tendrá en habituarse
para hasta el fin de los tiempos tostarse.

Y si para cuando la resurrección de la carne
no hubiere habido de por medio parné,
dese buenamente por jodido
y tenga por cierto que hasta las uñas le habrán ardido.

También ha de acostumbrarse a la pestilencia de excusado,
de manera que, en oliéndose a sí mesmo cuando sudado,
parézcale su efluvio una fragancia,
désas que tan finamente destilan en la Francia.

Abad:

Pecador de mí... ¡de estado hemos mudado!,
en un santiamén, de gran hacendado,
a condenado hemos pasado
por un trivial pecado.

El diablo:

Haberlo antes pensado,

que la venta del alma,

es negocio cerrado

para el que palma.

Abad:

Don diablo, hermano,

cambiando de mano,

si yo no me engaño

es vuestro infierno un tanto extraño,

no vense pobres ni desgraciados,

sino gente principal y potente, todos agraciados,

raro caso se me antoja,

¿cómo puede ser esa paradoja?

El diablo:

Digo que cosa es bien conocida:

Goza el villano del infierno en vida,

por ello necesidad no tiene

de merecer lo que ya le entretiene;

mas los amos del poder,

tan amigos de al prójimo joder,

ajenos a ruina y daño,

gánanse aquí a pulso su escaño

por aquello de que la riqueza

encamina al vicio con presteza.

Es asidua desta posada

muchedumbre de lo más sofisticada:

emperadores y reyes,

tráenme en carretadas de bueyes,

condes y duques,

pasajeros son de Caronte en su buque,

marqueses y barones,

tengo muchos y de los más bribones,

obispos, cardenales y hasta papas,

venden el cielo y aquí están, los muy sátrapas.

Todos esos, tras una existencia de mascarada,

establecen en mi casa su última morada

y si en vida gozaron de moral desenfrenada,

cómo quéjanse agora, que les vienen mal dadas.

Por ventura, si sus méritos fueran insuficientes,

para dar estímulo a esas gentes,
tengo empleados multitud de otros demonios,
levantadores de falsos testimonios,
quienes desde debajo de la tierra
sacan de qué acusar aquél que yerra,
son escudriñadores de vidas,
fiscales de honras podridas,
maestros en sembrar confusión y cizaña,
y en aterrorizar a los vivos con ése de la guadaña.

Regocíjanse los míos en esta su distracción,
advirtiendo la mala representación
que ofrecen los acaudalados
cuando vense así soliviantados.

Y tan sin pensarlo, mediante aqueste impulso,
gánanse tantos y tan principales clientes
de entre esas ilustres gentes,
que agrandan mi negocio a pulso,
siendo así que, si ricos hubiera alguno más,
acabara el infierno por reventar.

Abad:

Señor Satanás, me maravilla,

no daba yo una ladilla

por vuestro genio de empresario

y agora empeñara hasta el rosario,

la sotana y el sacerdocio

por participar deste negocio,

y aun en ampliarlo, como buen financiero,

con lo que proponerle quiero...

En viendo la mucha calor que aquí hace,

en teniendo tanto bracero ocioso, si le place,

obliguémoslos hacerse artesanos,

olvídense de su condición y hagan uso de las manos;

fabríquennos de balde miles de abanicos

de los que en reventa saquemos un buen pico,

sea a medias el beneficio desta faena

entre vuestra merced y éste que aquí pena.

El diablo (pensativo):

Paréceme bien ese reparto de dividendo

si con dicha industria consiguiérase buen estipendio,

pero tenga en cuenta vuestra merced

que aunque agora véalos en desnudez,

todos estos mis inquilinos

son de categoría superior y muy finos,

aquí huéspedes por cometer felonía,

mas poco dados a la artesanía,

de la que dicen es trajín de plebeyos,

que por linaje y abolengo queda lejos dellos.

Abad:

Veo en este infierno mucho ilustre suspicaz,

y siendo el señor Satanás capataz,

con sólo un chasquido de su dedo

hará que se santigüen de miedo

y trabajen con las manos

más raudos que si fueren villanos.

El diablo:

Empero, otra duda asáltame señor Miguel,

¿piensa vuestra merced que el negocio de los abanicos

sea de interés bastante para poner en faena cruel
a todos estos principales cual si fueren borricos?

Hágole sabedor que en el infierno su uso hállase prohibido,
pues los condenados han de penitenciar con calores y alaridos,
debemos pues venderlos ahí arriba, en el mundo de los vivos,
cosa que se me antoja un quehacer esquivo.

Y es que yo vengo a creer que semejante instrumento,
por ser propio del estío, tiene uso de tanto en ciento;
desta guisa, tres meses de calor produciendo sin aliento,
mas el resto, por ser tiempo frío, muertos de aburrimiento.

Abad:

A fe, señor Satanás, a lo que me parece,
es vos descuidado respecto a eso que le pertenece,
pues según enseña la tradición
vuestra merced tiene a su disposición
a ése que llaman Pedro Botero,
de profesión calderero,
y pudiera vos ordenarle que atice el fogón
de seguido, con montañas de carbón,

para que aun siendo invierno arda el mundo entero,

convirtiéndose en un achicharradero,

de manera que las gentes, sofocadas,

vinieren a demandar abanicos a carretadas,

rentando nuestro negocio

más que el mejor sacerdocio.

El diablo:

¡Joder, don Miguel!, ¡acójolo aquí de mil amores!,

¡Qué bien olfateáronlo sus acreedores!,

y es que tan buen trapicheador,

deste mi infierno es gran merecedor.

FIN

En la villa de Allo, a XX días del mes de agosto del año de Nuestro Señor Ihesuchristo de MMXV.

De don Miguel López Royo al autor

Soneto

¡Oh, grandísimo bellaco, hideputa, contador de sandeces!
Vos sí que sois maestro falseando,
más os valiera mantener vuestro ingenio callando
y no acusar a un hombre de Dios de beodeces.

¿Dónde hanse visto juntas tantas ridiculeces?
Haciendo tuertos habéis andado,
a letrados, notarios y clero habéis calumniado,
el diablo os lleve a vos y a vuestras memeces.

No hubo pecadillos y sí carne momia,
merced a mis virtudes y a ese edificio sagrado
que aqueste abad edificó de muy buen talante.

Por difamador mereciérais la sodomía,
que yo no pacté con Satán, sino morime de un resfriado
y aboné los trabajos debidos aún agonizante.